U0960967

献给本命之年

THE LIGHT
IN THE
NIGHT SKY

夜空中的那束光

高晶鑫 著

中国出版集团 东方出版中心

前 言

这本诗集所要表达的是我对诗非常浅显的理解，这些理解的给养都是来源于我对生活一知半解的体悟。当然，还有一部分是根据这些体悟生成的幻象，用文字将幻象呈现，就抓住了一些碎片，用诗的形式呈现出来，作为生活过和思考过的印证，也作为对未来生活改变的帮助。所以，这本诗集应该是要凸显承上启下的角色，让生活更多诗意，让诗诠释生活，让诗引导生活，让诗记录想象，让诗成为诗。

我大概是博士毕业之后开始有写诗的念头，居然也记不清第一首诗是在什么心境和情况下写成的了。源头已经找不到，唯有从现存的朋友圈发表的时间算起了。就算是以这个时间点写到如今，也只有 4 年的光景。如果用 4 年写诗的历程来诠释 36 年的岁月显然有些力不从心和以偏概全，但是也总算是能从片段的文字找到一些生活的痕迹。不过，进一步而言，写诗的这4年其实造就了我的部分生活，让我的生活体验更加细腻，并丰富了想象。虽说是自娱自乐的成分更多一些，但是也产生了一些意想不到的化学反应，这种反应对我的生活和周边人的生活都有益处。这应该是短短文字组成的诗所产生出来的长久的润物细无声的力量，时而刚劲，时而绵柔，持久而带着节奏。这个节奏就与我的思考产生了共振。

如果抛给自己一个问题，写诗的初心是什么？我不知道该如何系统地去回答，不过或许有如下的几个原因：第一，对文字的喜爱，这源于对书籍的一种冲动，书籍通过文字将思想传递给读者，我想拥有书籍，于是就爱上了藏书，进而对于读书有了天然的亲切感，可能是想让书物尽其用吧。读着读着，文字这个最基本的主体就活了起来，刺激着我的想法、改变着我的态度、调节着我的心情，所以便像是学了武功要下山行侠仗义一般，准备用文字表达我自己。第二，为什么是诗歌？因为其他的文体我曾尝试过，不会，写不好，组织不了如此庞杂的文章体系，而诗歌更加精巧和随性，就算架构不起来严谨的逻辑体系，也能够通过自己要表达的主题思想在文字中做海选，集结入围的关键词配合着回车，就成了我自己所谓的诗体类的文字。这于我而言做到了形而下的模仿，做到了形式上的直接感观，为继续写诗建立了信心，这形成了良性循环。第三，诗歌通灵，这是我的感知，就像找到了一个入口，通往未知世界，同时也通往混沌的过去，对于未来，可以用诗歌来构建，对于过去，可以用诗歌来重新记录和凝结。第四，写诗成了进行情绪管理的重要帮手，当一切情绪都涌上来的时候，只有通过写诗来让自己归于平静，至少是在撰写的过程中，我有很强烈的体验，写完之后情绪上的回甘也是我陶醉其中的因素。

再谈谈为什么是本命年？实话实说就是：赶上了。只是刚刚好是本命年，并不是厚积薄发、韬光养晦，一直等到本命年才出诗集。所以，可遇不可求的时间节点和生命的里程碑，也为这本诗集提供了具有某种命里注定的或者是神秘的以及仪式感的加持，或至少是提供了一个特别的诗集名字。如果再深层次地讲，和我经常立志又总是完不成有关系，我的自律性不是特别强，经常会因为情绪以及对当下娱乐化的时光追求，而忘记了自己要坚持的事情。所以，自己就会经常寻找一些具有代表意义的时间节点来给自己一个新的开始，其实是一次，或者是一次次的改过自新的机会。那么，也就本命之年这个时间节点最具有意义了。希望在第三个本命之年中，我的生活和生命更加丰盈和有价值，这价值对于我和我所能连接的个体，都是一种有益的影响，那么，我想我就应该是成功了，至少我是这么评判的。

接下来，谈谈写诗的一些方法或者技巧。我知道，这需要学习和练习，然而，我都没有做过，写出来的就是我写出来的，并没有在这之前有关于写诗方法的系统性学习，也没有写诗的经验，所以，也不存在用练习来验证经验的正确性。那么，写出来的就是我在写的过程中的观察和辩思。我当然有这个自知之明，如果以诗论为准绳去比对我的诗品，那么大多应该是不及格的，然而在当下我却是不在乎的，因为，这是我的作品而不是产品。当然，对于写诗、读诗和研究诗，我还有很长的路要跋涉，探路过程是自我精进的过程，用精益的理念和工匠精神去诠释诗的内涵和外延。让诗成为话筒、桥梁、钥匙、解药。然后，如前所述，让诗成为诗。

最后，谈谈作者和读者的关系，这个话题我一直在思考，不知从何说起，也不知在何处转身离去，总之，无远弗届地循环着。对于其他人的诗，我是读者，对于我自己的诗，我是作者。那么我想在探讨作者和读者的关系的时候，就有了换位思考的基础。我想，诗是作者和读者建立联系和交流的通路，而作者身上的其他生活要素和标签是这条通路上的风景，看风景时，不能忘了赶路，这才是直抵作者内心的方法。那么，对于作者而言，当下这条路建立起来之后，自己走不走就不重要了，而且，一旦竣工，作者也就影响不到当下这条路了，只能为后续修路定位和导航。所有裁决的权利，就全部地赋予了读者，读者才是赶路人，读者才会评判这路线条或宽，或窄，或笔直，或蜿蜒；这路的基石或蓬松，或坚实，或浮尘四起，或泥泞不堪。进而，读者才决定要不要陪着作者走下去，走到什么时候，走向何方。

以上，是我不断思索和不断回答的永续的问题，答案也是阶段性和局限性的。因为，我决定，要好好活着，希望再活五个本命年，那么，我至少还可以再出五本“本命之年”的诗集，或许，我在后面的五本诗集中，仍然会回答这些问题，那时候，我希望我的诗，有表达、有观察、有态度、有担当。我希望读我的诗的读者，有表达、有观察、有态度、有担当。那么，这一生，将是一首不到一百年的长诗，同时，也是一百年的尝试。

那么，就从这三十六岁的本命之年开始吧。

让我们一起翻开这本诗集。

高晶鑫

本命之年序，定稿于旅途的高铁上

目　录　CONTENT

辑一 | 现代诗

辑二 | 短句诗集

辑三 | 古体诗

辑一

现代诗

盾构一个人生

十七个转折
一层层向下
听得到泥土的心跳
九组管片围成一个圆周率
保护这人造的动脉
机械与冰，是夏天的证人
那火热的特质是顺时针的余温
两百组的刀头阵列
编织工业的图腾
偾张有序的轰鸣
呐喊出一组密码
人生需要盾构
生活需要挖掘

蚊子

你好
希望你有耳朵
能听到我在啰嗦
如果我也是一只蚊子
我不会去批判你在叮咬人类
可我就是想要变成你却被你叮咬的人类啊
我没有动，没有惊扰你打猎的过程
根据我过往的经验，你也不仅仅是索取
你还会给我一些锻炼隐忍的机会
我用食指好在你刚刚觅食的领地打一个十字
抑制躁动的扩散
那泛红的隆起也不是自我膨胀
是能量交换的后遗症
我静静地看着你静静地飞走

然后，我就用人类的语言给你读诗

一如之后，你飞到我的耳边

嗡嗡作响

远古的底片

猛犸在雨水的眼中消失
腐叶的嗅觉退却一片草原
裸露的大地，听见远古深夜的绿色
剑齿虎正在品尝坍塌的风
陨石坠落的摩擦
形成一个短暂的太阳
丰盈了呼吸干涸的坑

虚　无

我在我眼前的镜中的我的眼中
看到一片晚年的森林
那绿色是深绿
那深绿，是年轻的黑
短耳鸮的呼吸是方圆几里的纲领
乌云是空间的行动方针
树木的本质不是树木
是先于本体存在的主观
摇曳只是为了证明
有风蹒跚，对啊……蹒跚……
当黑，也到了晚年
墟垣是宫殿的标本
暗物质蒸发成了虚无
虚无，又坍塌成
在我眼前的镜

时间入侵

我闯入了一个新时区，无关乎经纬
椭圆已经无法区隔
在这里，时间有无限的向度
我时刻从我自己出走
每一刻都有一个相似的我
熟悉吗？是我
陌生吗？是我
是谁把时间装入瓶子
却又不小心把它摔碎在地上
时间被惊醒，那无形的双眼中
散发着，看到入侵者之后的
惊恐

八　月

七月有风

吹向八月

一撇一捺从容地展开

从你的出现开始

八月是绚烂，是温柔，是一团火

看什么都有印记

炙热的影子走向了一朵绿石竹

回音把云拉近

秘密根植在每一次呼吸

那无形的，波澜壮阔的曲线

向我们证明

八月有风

吹向你

形而下的量化的梦

梦是什么形状？
谁知道呢……梦里才有梦
梦有梦的自由
一平米大小
梦受到了时间的限制
从出生到死亡
解析由电而来
调频的是诗歌电台
短波，是形而上的理想
百叶窗把阳光做了栅格，那是不自然的
更替
梦就不得不，在地上的明暗之间
爬格子
爬向人生
爬向，孤独的自我

无形的承载

诗歌是世界的容器
琉璃，柴窑，珐琅，竹篮，瓷碗……
都不能代表这个容器，当然
它们可以是世界的侧面
承载着流动的光
所以不能摇晃啊！
那溢出来的只言片语就成了
希声的音符，还有
孤独的笔画

青山满粽

那青山看起来像粽子
粽子却也像那青山
或许就是同一个事物，要看人
渺小时
人生就要越过山丘
膨胀后
也可以一口吞一个粽子

同　行

他们是邻居
他们互道早安
他们每天出门都拿着
相同的生产工具
人类智慧结晶所锻造研磨的
板斧
他每天问他索要五斤
猪大骨
他每天都给他
不说一句话
板斧
一天天老去
有一天
他终于开口
问了他一个问题

一棵树

有没有骨头？

这次

轮到伐木工人不说话

屠夫

深吸一口烟

板斧

一天天老去

无　声

安静

成了这个庚子年的背景音

风都静悄悄地走

时钟懒得嘀嗒

蓝和白

不仅仅呈现在

我们想象中的天空

还是每一个

行走的

人的

嘴上的

保护色

可是

在除夕的早上

我在校区安泰楼的门前

听到了

清脆的紫啸鸫的叫声

穿透层层树叶

打碎了

天空中的

一朵云

运　转

大寒的前夜
灯光
从校区第七公寓旁边平房的落地窗里
次第有序地流淌出来
旋转的电动万花筒
是正常营业的标志
许多顾客都是吃过晚饭来的
十五个操作台在满负荷地运作
排队席位也堆满了羽绒服
电器轰鸣
杜比降噪的音箱
永不懈怠地播放着最恰如其分的音乐
不同功效和香型的化学制剂是
增值服务的排头兵
精密仪器是高端制造的优秀代表

剩余价值是通过价格体现出来的

收银台上方三米处

放着价目表

这会让客人以为是

现场的精益管理

黑白相间的喷涂方格

是互联网消费时代的九又四分之三站台

这一切

就这么组成了这个五十平方米空间的生产力

社会的高速运转在这里找到了缩影

发动的引擎就是人们的价值主张

玻璃拉门推开

老朋友走了进来

嗨

现在有空了吗

理发!

八月底的风

你好
八月底的风
我把这人群
流淌给你
替我送他们一程
之后
你也走吧
去吹向九月
大地和麦浪在等你
别回头
我们
明年见

黑衣人

夜色
是他的主战场
子时
未动
丑时
未动
寅时
未动
吵不醒蝉
吵不醒猎物
吵不醒月亮
黑衣人
用角巾蒙住了脸
遮住了皓白的牙齿
黑衣人

守候时闭上了眼

雪藏了明亮的目光

这次

黑衣人

失误了

凉风吹松束帽

黑衣人

两鬓斑白

复　古

对于复古
不能强求
不然
就变成了做旧
包浆不均
痕迹太浓
没有随性的基因
清癯的面容
还差很远
熬到水分都蒸发
才有奇点出现
回到过去
和自己
打个招呼

天上人间

天庭
一队战马奔腾
铁蹄
掷地有声
尘土飞扬
于是人间打雷
乌云密布

到　站

五个小时的高铁
北上到了首都
师傅比我晚了一会儿
我在看着东二出站口的到站
旅客们
一对情侣深深相拥
五岁多的孩子睡在行李箱上
一个老人在重新捆绑行李
大多数的人们在打电话
我也不紧不慢地
穿上羽绒服
走在停车场的 M 夹层
思考着刚才遇到的人
都怎么回去
师傅说酒店不远

可是我们在停车场里

堵了十五分钟

我笑了笑

看来北京室内道路的通畅性

也保不住了

刚要埋怨几句

车灯和路灯相遇

突然的环绕立体音乐

吓了我一跳

原来是由地下开出地面

车载电台

有了信号

FM103.9

晚安

北京

共　鸣

今天忙活一天
办公室电脑风扇的轰鸣
和我脑子嗡嗡的声响
产生了共振
我想
看看谁先停下
于是
我们不失礼貌地相互微笑
我们是多好的搭档
各自完成热搜的一半
一个人工
一个智能
电脑对我说
我是 AI

我对电脑说

我是

唉……

角　色

我想在你的诗里

当一个配角

突出主线

呼应主题

烘托主旨

然后在走向结尾的时候实现

反转

商业模式

大叔

为什么在这里卖水啊?

人多

哦

你呢?

我?

我在所有有人识得中国汉字的地方

写诗

小狮子

我闭上眼
就会看到一只
自由洒脱的小狮子
与向日葵对视
和羚羊逐路
关心着森林的成长
热爱绿洲
体贴灌木
万兽之王奔跑在
心上人的草原
逆风
柔顺了鬃毛
我睁开眼

记　录

练习识字写字

练习用字填词

练习用词造句

横—竖—撇—捺—点—提—弯钩—折

并列—偏正—动宾—动补—主谓—介宾

陈述—疑问—祈使—感叹—简单—并列—复合

一万小时定律之后

用字词句组诗

就这样

我把人生写在纸上

装—订—成—册

往　返

复兴号南下

离梅雨越来越近

书店里的图书未曾想过

被我

带去另一个城市

不是把书籍喂给时间

而是

用时间咀嚼文字

这一往一返

我有两次深刻而又无声的

对话

画　家

画布上的油墨

还没干

收割的景象就流淌到纤维上

劳作的农民

在画布里

他拍了拍画家的肩膀

昨天

你怎么没有来？

哦

昨天……

我在画你

伪　装

仰面朝天地
躺在这大草原上
伪装成一片厚厚的叶子
对着太阳
进行光合作用

初

一切都是原先的样子
静好如初
阳光谱曲
风在唱歌
槐树摇摆轻轻地和
而我就在这
等你路过
什么都不说

夏　至

梅雨迎接夏至
凉风作证
今天的北半球
白昼最长
黑夜最短
平衡
从明天打破
唯有夏至
方可冬归

狂　欢

雨
下得很大
通透
丛林开始狂欢
分裂的干涸之地
和好如初
浮尘入土为安
末梢的枝叶在雨里狂舞
豪猪和犀牛在一个泥坑前
对视良久
狮子换了一个新发型
分叉的河流涨高
奔腾着
欢迎空中落下的
新成员

一抹绿

冒出了地面

夜

路过者

没有脚印

风

穿透歌者

门环摇曳

无径之路

积尘已久

枯叶

是入侵者

鸺鹠

整夜无眠

绞杀所有烛火

朝圣夜晚的寂静

一切都被吞噬

这是和

守夜者的共鸣

冷夜之下

居无热土

致敬失眠

在失眠的时候
写关于失眠的诗
公路上呼啸而过的车鸣
来做伴奏
蚊子也睡了
钟摆让这夜
更静
而我
更清醒
在失眠的时候
写关于失眠的诗
主题聚焦
让失眠更纯粹
原因已经纠缠不清
那就让它更有

仪式感

在失眠的时候

写关于失眠的诗

用明亮的眼睛

和天明

向这纯粹的失眠

致敬

写　生

白云

微风

蓝天

苍松

安泰楼里的人

看

新上院的钟

带着一个世纪的画笔

写生

茶　室

路过这个小茶室的时候

是晚上八点半

新开业

几乎没有空位置

没吃晚饭却不想进去

到了下个路口

记不起茶室的名字

却无法忘记

明亮窗户玻璃上的告示

内有雅座

冷气开放

驰名烧酒

全日茶餐

生　长

读书那时候
每次路过总办公厅
都会在门口远眺老图书馆
顶楼的窗台深沉
百年校史陈列其中
宁静而有力地面向我
我也为她加了注脚
而今我的脚步快了
侧身注目
好像变得弥足珍贵
前天路过
窗台不见了
我潦草扫视的瞬间
突然意识到

应该是门前的一排梧桐树

长高了

而我

已毕业五年多

记　忆

我们在脑中回想起来的过往
都是记忆的内涵
由此衍生出来的情绪
都是记忆的外延
内涵越丰富
外延越多元
可是我的内涵和外延都很单一
一个是你
一个是想你

传　递

一个男人
光着脚
走在青石板路上
一个女人穿着人字拖
紧随其后
当我不明就里的时候
看到女人手里
拎着一双淡蓝色的
高跟鞋

口　渴

口很渴
打开冰箱
偷偷地喝了
你的冰镇养乐多
下咽的同时
突然意识到
我一饮而尽的
是你的童年

散

彩虹已经在崩溃的边缘

颜色已经不再排队

拥挤地等待冬天

等待飙风

入殓

补　给

袋装浓缩咖啡喝完了
木质抽匣里只剩下
润喉糖和板蓝根
冬天到现在还没有补给过
那艘船已经好久没有来
轰隆隆的汽笛声
其实是我的腹腔在空鸣
除了咖啡
我还在等
一个人的消息

境

这片土地

手捧一汪碧蓝的海水

扎根这里

用三十六载的时光

孕育一颗颗

圆润的黑色

如众神之双眼

来自天堂的舍利

写　诗

情绪
无处安放的时候
就写诗
然而
只会用那么几个
关键词
还总想着押韵
无病呻吟过后
是加水勾芡
盛出的一碗浆糊
可是情绪
依然无处安放
然后
就又想着
再写一首

真　身

我训练我的影子

很不乐观

影子有自己的主见

不听使唤

我反而变得更加配合

一招一式地打磨

被牵着走

也无可奈何

影子累了

就躲在树荫下

消失

突然

影子喊我的名字

影子

灌　溉

一丝一丝的思念

都掉入同一个箩筐

这是在离原采集的种子

用眼泪

引渠灌溉

我用十年

耕种一片孤寂之林

观　察

在钦州北路与桂林路交叉口的
斑马线上
我目睹了一片比我巴掌大一圈的
桦树叶子
从枝条飘落到地面的全过程
风也没能救它
落地之后
我发现我在这深冬的周末下午
于人行道旁
错过了30秒的绿色
信号灯

G4

一路北上

风景就要收敛于家乡

树木全部只剩枝条

捧着几个棕色

鸟巢

山

隐遁在雾霾中

落日很圆

两炷香后下沉远去

一股浓烈的黄昏柴火味道

涌上我吞着时间的

咽喉

G4

进入隧道

黑暗来临

一分钟后我期待

家乡的

光明

方 钟

头上嘀嗒嘀嗒地

飘着声响

是冷风在打着鼓点儿吗

应该不会这么均匀

叶子以陨落向冬天致敬

树瘦了

我抬头看到了校园里

新上院侧面那个

方钟

下　雨

已经十一月末了
明天就是十二月
刚过了小雪的节气
天空却肆意地下了一场雨
其实本应该是
一场雪
都是因为天太暖
地也冷不下来
冬天
没有受到尊重
所以
在天地之间的人啊
只能撑起伞

染　色

海风被海
染了色
把云吹成了
蓝

倒　影

雨有倒影
雨和它的倒影共同从天空
和天空中的倒影
冲向水面和水面的倒影
鱼有倒影
鱼和它的倒影共同从水面
和水面的倒影
冲向天空
和天空的倒影
在某个时候
跃起的鱼和落下的雨
相遇
在某个时候
跃起的鱼的倒影和落下的雨的倒影
相遇

生活有倒影

在倒影的世界里

那就是生活

你说说看

哪个是倒影

哪个又不是倒影

转　移

硬币
躺在罐子里很久了
我决定做些什么
无论是为了盘活存量
还是为了践行供给侧改革
我欣喜地为硬币找到了
更好的去处
我开始
坐公交车
我成全了硬币
硬币
让我乘公交车有了合理性
公交车
也让我有了
更好的去处

诗　意

一切都显得有诗意
慵懒的猫
打开的汽车后备箱
倒挂在落地晾衣架上
滴水的拖把
下沉三十厘米的小店的门
褶皱的福字上的灰尘
里弄咖啡机的声响
偶尔随风起伏的枯黄的
落叶
一切
对，一切
都显得有诗意
紧邻圣尼古拉教堂的
皋兰路

在全民惊恐的下午

值得

被写进一本优雅的

诗集

名 字

山

等了一千多年

在等它的名字

直到遇到了发现它的第一个人类

它才知道

它清晰地记得当时的情景

发现它的人类

在和同伴说

快看

前面有座山

从此

它的名字便是

前面有座

旅　行

旅行时才知道
风有来过
我在空中俯瞰
千千万万个我
这一生
我未曾见过雨水和人类
在我的世界里
光成了光的影子
未来也已经成为过去
听前辈们说
如果有幸
风可以让我
投胎到遥远之外的鱼缸
鱼吞了沙漠里的
一粒沙

创　作

赤狐
是森林里移动的
胡萝卜
而森林
是上帝买菜时跌落人间的一朵
西兰花
豹猫闯入人类的木屋
寻找一双被冷落了一整个冬天的
旧皮靴
看见
人类在写诗

进 食

直泻的瀑布是山流着口水
一动不动地等待生命
走进它的胃
只有鸟声
振聋发聩
森林和太阳
一言不发

疑　问

只有清晰地明确
清空了眼里的光辉
才能百分百地肯定自己
度过了真实的一天
手握一支铅笔
在一张二手纸的背面
摩擦出
未被开垦的荒原
我又该向谁诉说呢？
干涸之水的上方
吊桥
被条条钢索拉直
摇晃着
给风
梳头发

轮　回

风

怂恿海水登陆

月亮

推波助澜

岩石

是第一道关卡

战役结束

海浪变成

低垂的忙音和排队的泡沫

这忙音是奏响的哀乐

这泡沫

是突围岩石之后丢盔卸甲的

尸体

裹挟着空气

自我膨胀

在后辈们的钝击下

破裂成

一道光的衍射

就这样

以赤橙黄绿青蓝紫的方式

投胎到

下一朵浪花

继续向着岩石

拍打

案发现场

第一人称

以及第二人称

是当事人

第三人称和侦探

具有充分的不在场证明

断案

用春秋笔法

来推演过去的未来

围观的楠木烟斗

才是还原破碎细节的司南

深吸一口

吐出

认罪的笔供

赎　回

我有
一抽屉的黑暗
堆积在凌乱玩具山的缝隙之间
带上它们
推开
双向弹簧轴的木质玻璃门
磨损花纹的鞋底
与少了两颗牙的老旧门槛
定格了
一瞬间的瞳孔
铃铛熟悉
风也不陌生
掌柜的！
是我！

摘下墨镜

放回抽屉

我来赎回十年前在这里

典当的双眼

所　剩

第 85 次出海

想突破前面 84 次的 0

用了三天三夜

向勇猛的大马林致敬

可是

收割的还是鲨鱼群

手臂颤抖

并不是气愤与失落

而是体力怠竭之后

混浊的双眼透过舷角

看到了落日

还有迎接英雄归来的

逆光而立的

少年

拥抱

是拥抱曾经的自己

拥抱

是拥抱未来的英雄

所剩的足以滋养

一个灵魂

转　世

老了

一朵白云陨落

转世投胎成了

脚踩式离心机甩出来的白色飞絮并绕着竹签所

形成的一朵

棉花糖

蓝

我在这夜晚
发出
明亮的天空
那是新年的第一抹蓝
岁月的基础
被遗忘夯实
白云与白发遥相呼应
我对天空
打了一个响指
你看
一切美好发生之前
都有波澜壮阔的曲线
那蓝色的远端是
另外一抹蓝

作　用

书

是生活的腰封

撕掉

生活还在

但是少了保护和

解读

时　空

传菜员

放下沙漏

离开

沙漏的沙

排队

从一个空间去往另一个空间

它们的秩序

是时间的流淌

我看见

时与空

有了线性关系

犹如

吃饭钱与菜量

回　去

三十年后

我回到了家乡

跟着举旗的导游

探访

我住过的地方

挖掘记忆的

是门房的乡音

城市有了博物馆

我看到在书本上学到的遗址化石

在近现代展馆

还看到了

姥姥以前也用过的

面食楔子

导游的旗子走了

我不想动

我还想在这里

生根

漂　流

地摊角桌的边缘
680ml 的绿色玻璃瓶中
空无一物
它在等待喝了啤酒的主人
将写在结账单背面的几行字
投入其中
用一种概率式的信仰
随机地表达
今夜
人们用烧烤
代替思考

本　质

比夜晚更晚的
是早上
对
那是否极泰来之后
用黑暗打击黑暗所得到的
负负得正
光明是
太阳用时间揭穿的
永夜

战　役

收集所有危险的文字
武装一本词语的军火库
再找寻
碳素、铅与墨汁
锤炼三位黑暗底色的勇士
黎明之前
打响推翻冷战的第一枪
报纸上堆满弹壳
一场伟大的胜利
正在印刷

发　芽

时间
是一颗永恒的种子
在脸上长出皱纹

探　寻

试着从这块岩石身上
找寻线索
可是事与愿违，岩石
来自前寒武纪
恐龙都是它的晚辈
镇压它的封印
是像蒲扇纹路的埃迪卡拉动物群
文明都是后来的事情了
你这进化中的基石
躲在加拿大地盾后面
默不作声

璀　璨

一团团
光，很亮
由中心向透明的曲面天空集体突围
立体的黑
为底色，燃烧出
巨大的璀璨的蒲公英
一只年轻的玄驹哨兵
拉响了警报
宇宙大爆炸
驮着饼干屑满载而归的军队首领
笑笑，这是
人类的烟花

实　战

雪白色的救护车
四辆
由东向西，疾驰
它们之间像有着无形的链接，间距
相等，速度
相同
它们并没有鸣笛
怕是会惊扰
在路口雷允上拿着社区介绍信来买口罩的居民
可是它们打了双闪，它们打了
蓝色的医护灯
应该是在给自己壮行吧
可这一切
真实地发生在
一个阳光明媚的早上

老师傅

生活的声音是人声的意义
和不同的人说话
抓取并创作一些音符
留给回忆里的磁头去摩擦
选取一个乐章
放给未来听
香花桥路很短，很窄，很热闹
双向单车道
机非混行
西侧是住宅小区的背面，只有围墙与人工绿植
东侧才是生活的切片
联华超市、黄山菜饭、手机维修、潮汕火锅
它们中间是唯一的露天作业摊位
修自行车与开锁
所以，摊位的主人就在毫无遮拦的情况下

成了这百米长路的主人
一次修车的经历让彼此成了主顾
作为七年的过客
眼神的问候就是通行证
骑车路过是为了得到他的检阅
同时，也为他身旁矗立了几辆战利品而高兴
或许晚上，老师傅
可以多喝几杯
戴耳机听音乐，等着他修车
焦急地给导师电话，等着他修车
潮汕火锅出来，等着他修车
坐在破旧的竹子躺椅上，等着他修车
端详浸满的工具箱，等着他修车
追踪他嘴里烟圈儿的轨迹，等着他修车
凝视对面的围墙与人工绿植，等着他修车
不过，最喜欢的，还是听他的哲理名言
哎？！老师傅遇到了新问题

可惜，老师傅今天不在

修手机的老板说，他去给对面小区的人家开锁

了

哦……瞥了一眼围墙和人工绿植

我也遇到了新问题，我也

是来找他开锁的

生活的枷锁

7 年以后，我找不到他当时给我配的

钥匙

南浦大桥下

南浦大桥下
油车码头街
云里有一层乌
对，乌云的乌
很低
准备降落的样子
也可能是刚刚起飞
谁也抓不住它
除了观察者的目光

南浦大桥下
滨江步道与它垂直
黄浦江与步道平行
三条线，两个平面
灰黄却仍然与风共舞的芦苇丛

扎根在柏油旁边的土壤中
脑中正在计算的关于这趟轮渡是否盈亏的问题
暴露了我交通运输规划与管理的专业背景

南浦大桥下
环卫工人拿着保温杯正在上班
巡逻警察的步伐节奏与胸前的对讲机频率一致
四个年轻人在拍照
他们打着手语
不说话，并不是因为
脸上的 N95 口罩

南浦大桥下
钢筋拉索吊起的混凝土，居然
对我们的声音
做出一模一样的回应
可我们对它的影响

不及桥上的车辆

南浦大桥下
有一只鸟，穿过实验这两个字前的定语
由行为替换成了思想

先生醒醒……
你到哪里下？
哦哦……南浦大桥下

小家与大家

一切平稳地运行着

“大家好，我是……”

这是我们很多次对话及演讲

开场时候惯常的辅语

大家，让我们成为共同体

共享价值

共担成本

“你怎么这么小家子气！”

这是我们很多次评价或吵架

总结陈词时候惯常的定论

小家，让我们寻求局部最优

独孤求败

独领风骚

小家与大家在平稳运行的日常语义中论证了

现实的辩证统一

可是，如今，日非常！

那是无形的入侵

那是无色的袭击

那是无味的吞噬

家被困，家被困……家被困

呼吸，成了小家与大家

共同的紧迫的需求

大家有难

小家逆行

英雄以口罩遮面

从小家出发

汇入逆行的大家中

“大家一起加油！”

逆行

向着红色的警告

逆行

向着白色的身影

逆行

向着黄色的太阳

逆行

向着蓝色的明天

逆行

向着绿色的生命

逆行

看到了

英雄们黑色的双眼

我的家很小

从南一直走到北

只需要二十步

我的家很大

武汉
至今我没有去过
我的家是静止的
信箱没有变
我的家是生长的
六天就可以建一家医院

我收集了所有的英雄样本
得出了平凡的结论
小家是“大家”这两个字的
一笔一画
这是数学里的积分
这是化学里的合成
这是物理学里的相向
这是生物学里的共生
这是逻辑学里的集合
这是建筑学里的综合体

这是社会学里的互助

这是人类学里的……

爱！

写　作

是的

我写了一首摇滚的诗

摇曳

翻滚

却无法前行

停滞下来的理想

肤浅地向未来寒暄

懒啊

总不是个办法

拨弄下平行的琴弦吧

那插电的音符

一直为生活敲着边鼓

民谣

用金属来打造

或许

就变得牢靠

是的

我写了一首摇滚的诗

嘶吼

磨砂的嗓音

与地下黑暗中的一束光

共振

泊松亮斑

一个圆的自我肯定

是的

我写了一首摇滚的诗

2018 个标点

2019 个文字

差　距

就读了一本诗集
便发现了我和诗人
直线的差距
太高了
海拔一万米
这落差产生的势能
压迫着文字
从颤抖的笔尖
蜿蜒输出
墨香
远远胜过了
我想在读者心中种下的
蔷薇

深　处

我们只有转身
走向历史的深处
才能抵达
用目光和胆量拼接的未来
我们不孤独
但是我们
独孤
只有转身
转身
走向历史的
深处

经　纬

戊戌末
在同一个地方
回乡
谁能借我
一个桶
谁能给我
三分钟
一路向北
我们都努力
变成一道风景
只有带上一本诗集
我才不会迷路
而列车
却把我当成了
地图

醉

酒喝多了
手就抖
拿笔
拧拧巴巴的几个字
就是
让自己可以再
坚持坚持
我知道
我不稳定的情绪
很稳定

治　疗

我要对这持续的阴雨
说声谢谢
让我脱敏于受此影响的心情
看来
以毒攻毒是对的
只要掌握好
剂量
间隔
温水送服之后
渐渐的
我与这天空灰
和解

备　战

蝼蚁安静下来
草
木
皆兵
雨
雾
皆冰
太平
变成一个荒废的词
集结
是一种共鸣
黑暗之境
入乡随俗的见面礼
我丢弃双眼
去祭奠

黑白色的光谱

孤

独

成了战友

寂

寞

有了同盟

这一战

成冥

成名

成铭

夜

碎影更长
残烛更远
风与枯叶
背道而驰
坟冢寂寞
烟囱在干咳
灵魂起夜
四下里寻找
还没有睡的
躯壳
寒寺禅钟下的沙弥
将漏网的磷火
一饮而尽
南无
阿弥陀佛

节　奏

上院侧面
右上角的钟
方方正正
时间在排队
一秒一秒地等着检阅
齿轮
绞杀须臾
链条
传动刹那
永恒稀释在日出日落
左右摇摆的
是变长变短的影子
铃声响起
生命的最后一课
迎来了

稚嫩的啼哭

铃声

再次响起

时钟

依旧方正

证　明

在大漠之野

理性思考

永夜下的黎明

是个伪命题

光

可以有

但不能依赖斗转星移

面前是裸岩

脚下是砾石

头顶是云团

这三维的坐标系

框出谁的足迹？

这不是随机游走的布朗运动

一步

一步

微积分成了主力军

当遍历所有路径

是谁在践行

一个马尔可夫链

人生

在发散之后

完成收敛

收敛成一个点

这是

光的起源

我

消失不见

缝　补

我把这雨

穿入细细的针孔

缝补

皲裂的皮肤

水分蒸发之后

仿佛

裂纹没有来过

红

我在这墙上
镂空了一只猫
然后就在
一片红色中
找到了你

休　息

今天早上
我和太阳
都调休
太阳
躲在云后
我趴在
办公桌前

光

四下无灯的夜晚
我的眼睛就是光源
这听起来
有些吓人
那是你不明我的身份
你好
我是手电筒

简

我推崇

断舍离

因为

虽然东西很少也会显得我自己很富有的样子

除了上面一句

我惜字如金

你

你的名字

是我写过最长的

短诗

反　转

一切
都镜像了吗?
月亮从西方升起
飞蛾入蚕
只有全脚掌与地面摩擦
才能避免
吸气时跃入天空
我低下头
午夜猛烈倔强的阳光
把我晒得
瑟瑟发抖

风和你

空气流动
风
画面流动
你
原地不动
我
风带着你来了
风走我骨
你走我心
我
走神

内 涵

适度的嘈杂

让我更有想法

白噪声过后

泥沙俱下

我看到了这美妙的波弦

划过

第三象限

画　面

望向眼前碧绿色的湖面

涟漪

表示风有来过

倒影里一架飞机

缓缓地走

几尾鱼

跑在了前面

深冬冰冷

却自有节奏

摇摆着人们的念想

比深冬更冰冷的

是湖边的警示

白底红字

水深危险

禁止游泳

著　作

山林茂密
应是本来的样子
多年的斑秃
成就了冒烟的工厂
皲裂的年轮啊
是文字
害了你们
月亮只有一半
风是作者
把剩下的
写进读者的瞳孔

哲学的困惑

一个最基本的问题
世界是什么？
世界是虚构的概念
它只是一个集合
集合之外是空集
如果我能想明白
我会把他们写进诗里
这诗，你正在读
可是我还是没想明白

埋　葬

履带的压痕
弹坑
残垣，屹立不倒
本应是希望的火苗
扑灭，暗红的土地
生命，销声匿迹
废墟便野蛮生长
凸起的坟冢
是用死来埋葬死
太阳再次升起
哲学
有了影子

铁匠铺子

很静
铁匠铺子的夜晚就是这样
铁、铁锤、铁匠
都睡了
生产资料、生产工具、生产者
暂停了生产关系
冷风冲进风箱
等待明早的检阅
月光在淬火的铁桶里折射
鼾声警惕着铃铛
神秘的器物
感应大地的回信
油黑的猪皮手套与门锁一样苍老
噹！噹！！噹！！！
一次次捶打

平均了这夜晚的梦

就这么睡去吧

迟早

铁匠的儿子会醒来

那被烧得通红的颜色和白里透红的脸色

只属于白天

认真地阅读

我开始认真地阅读了

带着仪式感

金盆洗手是承上启下

文字

影像

声音

我开始了

就像小心翼翼地生活一样

读每一个碎片

踏实地向前迈出一步

没有路的时候

我又开始阅读了，依然认真

我未曾动过笔，年轻人

在等着一个暮年的传记

其实，每一个篇章

都隐匿在阅读的，感官的

波动之中

我依然认真

谁，又开始阅读？

相　遇

一只飞鸟，与
一只风筝
相遇，在天空
它们都觉得，对方
是假的

营造的预判

我一定比日落早一分钟
拉起窗帘
这样我就可以在黑暗来临之前
点灯，人造了均匀的光明
进而我就能够，在深夜
偶然地发现
我有对黑暗充足的预判，还做了
温文尔雅的抗争
就是这一刹那的欢愉，不亚于
看到了普罗米修斯，给人类
送来火种

声音的解药

中午有些头痛

一跳一跳的那种

机箱风扇

鼠标点击

机械键盘敲打

座椅轮毂与塑胶地面摩擦

这些声音与这一跳一跳的节奏里应外合

窗外松柏的树尖还左右摇摆

旋转啊，这生活

旋转啊，这土地

可是有一声圆润的频率，却突然对冲了节奏

真空降噪以后留下了回响

大口吞服这声音

咀嚼着这解药

这是我第一次无意识地，认真地，聆听
一只布谷鸟的鸣叫
在清明与谷雨之间的，一个没吃饭的
中午

工业的优雅

点按卡簧

键盘匀速滑出

阻尼与呼吸平行

目光与背光环环相扣

那些充满诗意的工业设计

都包裹在，精密的钢铁之中

那是魂

机械传动的生命象征

那是态度

设计师心中优雅的科学观

那是美

工业硬核中的柔软之地

深藏功与名的小心思

是苍老的工匠精神里永远也长不大的

一抹顽皮

从千机变到千机不变

我们失去了“不”？

不！

我们失去了

无处安放

忧郁，总是脱焦于眼前的事物
瞳孔搅拌着昨天的泥泞
白雪平整了沟壑
脚印用虚线切割这突如其来的纯洁
压雪的声音是入侵者
谁是春天的吹哨人?
黑白以外的颜色，写不出文字啊
赤橙黄绿青蓝紫
就海葬在这英雄的墨水瓶里
对，解释一下
英雄牌的墨水瓶
那里有前辈
彩虹色的
黑

落下的真假

早起，阴天
来学校
理发室开门
碎发落下来的时候，阳光也落下来
TONY 老师说
这阳光好假，一会儿有
一会儿没有
你说呢？
我说
你觉得假，是因为
太阳是真的
云也是真的
别想了
该修鬓角了

哦……

理发出来时，云走了

是我要去的方向

辩证的迁徙

影子让承载它的地方
失去了光
所以，承载它的地方本身
便没有了影子
那里的土著以为，这影子
便是天
可是土著里的哲学家却说，这天
在移动
我们需要回归游牧的生活
或者
从一片影子，移民到
另一片

气　息

我嗅到了钢铁的血腥
带着潮湿
那应该是勋章碎裂所泄露出的
荷尔蒙
獠牙对焦着骑士
盔甲还在，手
握着重剑
冷兵器才是热血的助燃剂
战马在后退
鬃毛凛冽了目光之间的空气
对视，才是战争中最惨烈的部分
可就在一朵曼陀罗花开的时间
危险掉头离去
一切都坍塌进纸面上的色彩
那泛白的深色朽木啊

成了历史的相框

嘶喊与咆哮

早就封印在皲裂的纤维里

旋转着，装点黑胶的前奏

艺术，果然

来自生命，尤其是

逝去的

好了，同学们

下课

路　过

走上那石头桥啊

没有人

走下来，回头

却听到了湿漉漉的脚步声

是我的步子太快吗？

应是有人来了

想看看我湿漉漉的影子

摇曳之后，滴落在

石头的一个小坑里吧

这小坑应是昨天

对，昨天

按照月亮的表面打磨成今天的

石桥

缺席的斑斓

白和黑
多好的朋友
在两个极端都走向了纯粹
纯粹和纯粹也可以融合
足够拍一部电影
苍老的时钟切割着时间
围棋下在生命的迷宫
白雪落在黑夜
一匹斑马在弹钢琴
缺席的斑斓
响起了
黑白的掌声

存在的假象

荒诞是真实的
你看那井然有序的报道
时钟瘫软
一匹马卧床不起
铅墨，在批评自己的身世
别人的死亡
在提醒我们活着
可是体验，从来都是二手的错觉
醒着又能够怎样？
闭上眼就能梦见一位哲学家
沉入海底
嘴唇干涸

捕鱼者的一天

晨起的哈欠
点燃了太阳
飞鸟望向河面的镜子
看到几朵云在梳妆
湟鱼风暴，开始了每天的演出
漩涡以小船为眼
早饭是昨天的战利品
发动机里的柴油
膨胀成螺旋桨的微笑
老人撒下的渔网是铺在河面的田字格
烟斗见怪不怪
静坐船舷就是在劳作
太阳，却成了移动最快的角色
一不小心，跌落到冰冷的水面
溅起红色

又炙热的浪花

小船

吃水更深

今天

回放了昨天

今天

预演了明天

二月二十九

今天
四年一次
总说
时间挤挤就有了
你看
这多么实惠
地球自转给我们的馈赠
白白赚了一天
怎么去挥霍呢？
留些时间
把祝福给今天出生的生命
四年一次的生日会节省一些蜡烛
留些时间给离开我们的人
另外的世界应该也有计时器
留些时间给楼下的那只猫

每次路过
它都比我认真地对待彼此
再留些时间给路口的信号灯
这次，要欣赏完三种颜色
再留些时间给几本旧书
它们，比我经历过更多的四年一次
剩下的时间，交给一支钢笔
写一封信
投递到对面的镜子
一切安排妥当
自转
将我们推向了三月

长辈说

我小的时候
是听着长辈的教诲长大的
长辈们说，他们也是
要听大人的话
要好好学习
要为人诚实
要勇挑重担
要吃亏是福
要朴素节约
要……
好了好了，大叔……我们听过很多次了
年轻人
打断了我

挣扎的比喻

一个将死的皮囊
给养着活生生的影子
云，是风的橡皮泥
形状，都由风来定
面前的
薄薄的玻璃
是透明的
却越不过去的山
学富五车和财富五车
你怎么选？
筷子与毛笔
互为对方最优秀的
傀儡

误　解

随手

翻开了一本书

短短句子

不停地换行

后面跟着

数字

在跳舞

我以为

是一首优雅灵动的诗

定睛一看

却发现

原来是这本书的

目录

赶　路

白昼连夜出发

在熟睡的人们的背面

急行

用一整夜的时间奔跑

终于和阳光一起

冲出了地平线

它在刚苏醒的人们的眼中发现

原来是在追赶

自己

随　影

这些年最忠实自己的

是镜子

你哭

一起哭

你笑

一起笑

只是有一次

最后一次

我确定

我发现镜子

慢了一秒

当时

我向我的胸口插了

一把刀

我对祖国诗短情长

我尝试

写长诗

用文字

表达我生于斯长于斯的

自豪与真情

可祖国这七十载奔腾的关键词

怎么能用

我这浅显的回车来诠释

只有用第一视角

来描述大海中的

每一滴水

哲学范畴的个体的我

让大海

更踏实

等我到了七十岁

我期望

我还能够记得

一件事

我对祖国诗短情长

回音

我面对
一片灰色的大海
等待
广阔的噪声
可是
海螺不会说话
海星不会说话
海草不会说话
当然
海也不会
为了避免一无所获
我就在寂静时
把在沙滩上带回来的
白色半片贝壳

扣在耳边

再听一听

海浪的回音

一般事物

一般事物的哲学意义
需要社会性的诠释
就像我把我的几本书
扔在了旧书房的
木质地板上
地板会觉得
等它退休以后
被拆迁
被肢解
被研磨
它就变成了
书本的模样
而书本会觉得
我靠在了
祖先的肩膀

向 阳

耷拉着脑袋
与太阳许久未见
这连绵的阴天
不是你的错
低头向心
也是寻找过去的落日
别这么沮丧
看看我
亲爱的向日葵
我是
卖瓜子的人

遇　见

双甲子的沉淀

南洋筑韵至今不绝于耳

三个世纪的交响

你来

我当导游

带你在大楼里

遇见大师

疤

今晚
我左膝盖的最后一块结痂
离开了我
确实有些不舍
二十多天
看着它成长起来
又看着它消亡殆尽
深红之后
留下了浅红的不经世事的
稚嫩皮肤
与周围的前辈
格格不入
界碑
是一道疤

留　下

湖泊走了
云走了
草原也走了
铁蹄和敌人一起
走了
原地不动的我
粗糙的十指
却抓不住
一匹自由的战马
缰绳脱落
空余
深斑、皱纹、白发
谁把谁
留下

失　衡

雨刚落下的时候
反哺上来的泥土气味
让我短暂地迷失

雨刚落下的时候
不知是
偏向雨滴还是灰尘
雨刚落下的时候
我做不了裁判
土腥的条件反射
是收紧对未来的美好预期

雨刚落下的时候
只要挨过这紧凑的风
生活就向一侧倾倒

对，就在雨刚落下的时候

冲出房间的

是收被子的人

小　丑

花色是大王
黑白是小王
彩虹的笑脸下
只有孩童才能看到真面目

红色的鼻头
是失手漂浮空中的
气球
嘴角上扬
是为了拥抱
从眼底逃逸的
眼泪
皱纹和白发
都是工伤
只有用自杀式的王炸

才能在华丽的沉闷世界

书写不易察觉的

白噪声

牛

我也常驻足在
村口通往大队会计家的
桥头上
自由什么的
我都懂
无非就是我想在桥头站多久就站多久
然后
读书
写诗
听古典音乐
看印象派
在田间
和犁地的黄牛聊天
要培养我自己
村委图书阅览室管理员的

饱满气质

黄牛不吭声

摇摇尾巴

驱赶落满后背的

蚊虫

唉……

我望着那犁地的背影

还是你牛……

遇　见

如果早上七点前到肯德基
我所遇到的绝大多数
是学生
我经常坐在后排的沙发桌位上
观察
书包努力下坠
他们扫码点餐
少年开心笑的时候
我似乎，遇见了自己
当然
二十年前还没有肯德基
但这不重要
我找到了没有变过的
校服
还有，希望

比　赛

问你个问题

嗯，问吧

乌龟和蜗牛比赛

谁会赢？

不知道

怎么会不知道？

因为我不知道你让他们比什么

也对，你说比什么？

写诗

文化人

亲爱的
千万别说我有文化
我心知肚明
虽然写了很多字
也读过一些书
对生活的烟火气
有哲学层面的看法
可是
我真的知道
我肚子里的墨水
比不过一只同样身长一米八五的
深海乌贼

少　年

最近

《少年的你》，很火

于是，我想到了

少年的我

没有校园的欺凌

因为都是

硬碰硬的势均力敌

没什么理由

就是人群中的多一眼瞭望

然而

学习并没有耽误

血气方刚是需要理论去武装的

名列前茅

却被视为能文能武

就这样

那些年的江湖

波涛在回家和上学的路上

野蛮生长

可是

二十年后的皱纹告诉我

缘故不是少年

而是

年少

乞　讨

我向黑暗乞讨

请黑暗施舍我一些黑暗

我通过被掠夺了身上的光

的方式

获得恩赐

秋

你看这风来得有多紧凑
好像秋天就只有
风是主角
那可就大错特错了
枯叶
灰色的天空
孤鸟的叫声
凌乱的碎石
离人的眼泪
是不是能够战胜
金黄的麦田
金黄的大闸蟹
金黄的银杏叶
以及用所有金黄换成的
黄金

应该这都是秋吧

真不知谁会赢

反正

我是败给了秋天

输得很彻底

秋天

俘虏了我

用一条

秋裤

海上钢琴师

自从踏上了这浮动的钢铁
这一生便向陆地永别
海上的家也不错
随波逐流变成了生活方式
但不是态度
罗盘
在音符里
在黑白键中
在纸箱上
可是方向永远是海的深处
那里有鱼
那里有鲸
那里有对人类未知的未知
那里成了
1900 年的新大陆

脱　节

我养成了很多
落后于这个时代的习惯
用钢笔
收集邮票
看纸质书
敬仰按键手机
迷念黑胶
用二极管搜索电台
旁轴胶片照相
读报
而这些要素
在个人与时代之间开凿了沟渠
时代丰盈
个人饱满
各顾各的

在沟渠两边
有条不紊
我成了
旧时代的先锋
也成了
新时代的古董
脱节归脱节
却有一种承上启下的使命与愉悦
愉悦沁润
个人继续饱满
时代更加丰盈

工业生命的现场

那厂房里的，有节奏的，轰隆隆
却让我感到一种寂静的压迫
工人健硕，沉默
后背浸湿的白色汗渍，勾勒
工业的版图
护目镜，猪皮油渍手套，三叶风扇
都在坚守自己的岗位
锻压机床的曲轴伸缩在一片空荡的重心
现场管理的看板是护身符
氩弧焊的蓝色，真美
只有亲临这钢筋铁骨的现场，才会明白
工业生命的律动
是轰鸣背后的冷静操作
是回身之后白发师傅的微笑

是班组长对龙门吊车的凝望

是工匠精神的每一次

呼吸

气象以外

好久，没有看到
那蓝色
当它真的在白云之后出现
下意识地感觉到了，飞机的颤抖
八百公里的时速，那蓝色
依然离我很远
可是一秒钟的心跳
那蓝色，却又共振了起来
云层以上
每天都是晴天
如果是这样，情绪将会是一种永恒的，温暖的
单调
蓝色的那种单调
或者叫做
蓝调

等公交车的时候

今天十七度
五月底的上海
惯性穿起的短袖，感觉到了颤抖
空调，被抢了风头
口罩上方的眼镜
并没有起雾
虽然不记得去年此时的天气
但是我就像个执拗的气候学家
又兴奋地找到了一个特殊的样本
思想的实验从未停歇
可现实的结论是
公交车来了

相对论

时间，温柔如草原

这应是你闯入我的空间的感悟

比一秒更短的

是抱你时的心跳

比一生更长的

是目光所及的爱

我们，在相隔一米远的地方异地恋

我们的眼神，便有了时差

一秒一秒的那种

过去不提

未来可期

可是啊，当下混沌

就如宇宙之前

并没有诗篇

自顾自的生存

我佩服它

截肢以后，被我领了回来

不曾流泪，只是

默默地喝水

昨夜

它又喝了半瓶子的水

然后，把自己开得好大

我佩服它

那洁白的，十五块钱一朵的

百合花

我，佩服它

我佩服，它

认真地潦草

衬衣，皮鞋，手表，头发
潦草
我的眼神，也潦草
提包，名片，领带，脚踝
潦草
我的呼吸，也潦草
文字，钢笔，镊子，手腕
潦草
我的思考，也潦草
精致的时间看不下去了，想改造我
我的回答，依然潦草
我无须改造，我很富有
我一个人，就是一片
草原

走着……走着

原先，年少

在青春的路上

后来，独当一面之后

青春在路上

再后来，沉稳，看到了温度

青春就……

上了路

走着……走着

最后，走……

与自己告别，转身而去

无名之墓的旁边

开了一朵花

森林里的文化修养

绿色是生命的底色

森林穿了底色的衣裳

老虎啊

给动物们上课

镜子是走向另一个世界的门

湖水是镜子

你的眼睛也是

可是，在我的额头

你们将看到

三横一竖的图腾

模糊的认知

夏在五月初就，来了
大自然没有告诉我
我是从书本和日历牌上知道的真相
错愕是一瞬间的
然后就用认知失调理论，给自己
成熟的虚伪，找一个
年轻的借口
季节是温水，我是青蛙
拖延症让我还没有准备好春天的衣服
五谷，却已经在早市陈列
时间也已过期
所以，季节这东西
要早点儿吃

虚构的概念

看得见吗？

听得到吗？

时间啊

无关于黑白，无关于四季

时间的出生与死亡需不需要时间？

褪色，泛白，划痕，余香

这说明

时间和你，这两个伟大的虚构的概念

真实地来过

每一朵花的呼吸

静默不是谜
静默也不是迷
声音，封缄了滚烫的思想
丰富绚烂的一生
被一束植物看穿
每一朵花的呼吸
都需要被倾听

遥远的通牒

碎片，在气层以外
燃烧得像块，冰冷的碳
我们收到
来自木星的警告
那是所有小行星的
集体诉讼
红色
陪审团的袖标
光年以外的宣判
生活
坚硬，静默如
陨石

潮 汐

蓝藻沙滩，在夜幕降临以后
给大地写下了忧郁
这与精神抖擞的月亮
形成鲜明的对比
海龟才不考虑这些呢
它只是借着月光，踩着沙滩
走向了大海，这是生活
这是真实发生的
生活可是
海龟才不考虑这些呢
它只是借着月光，顶着海浪
又走上了沙滩

岁月的画作

你看到了吗？

什么？

一幅画，在过道的黑板上

路过几次，只是觉得，那黑板

是小时候的模样

对啊，一切被拉回到过去，我们

像是局外人在观摩一场人生的表演

看着自己热气腾腾的生活

多么入戏，多么的亲切

你看这结局，多美

一位老人在亲吻，另一位老人

深夜以外

谁都有深夜
区别在于
醒着或者是和深夜
一起睡去
我坐在客厅，并不是会客
太阳还没有起来呢
谁会有深夜，你听
窗外有压缩机的风扇声
我与呼啸而过的空气扰动，撞个满怀
听到了，在深夜
还有一辆摩托，是出发吗？
去向更远的，深夜以外……
谁将有深夜？
谁能有深夜以外呢？
那应该属于凝视的人吧

他们此刻，才在深夜以外的深处，意识到

思念沉醉于打字机的萧条，还有

没有言语的夜晚

明暗的边界

四周都是黑暗
难道我们的立锥之地，就是光明吗？
是的，太阳点燃了自己
我们也将如此，不需要什么助燃剂
只需要
一次呼吸，一次
陨石划过，将在你我之间
找到同类
见惯了历史的沉稳，用冰川
打磨一片凸透镜
那太阳是过客，找准方向
时间就会幸存
跳动的心需要用脚印树立
明暗的界碑

伏案的冲动

写一些什么
复古的游历
一束光从地狱复活
思想把文字当成决堤的出口
我要保护它，是思想，不是文字
堵住决堤的沙袋，其实是
只保留，一页信纸

无理数的据理力争

无理数是有理的
延绵的无限啊，成了时间的温床
你看那有限，是它的腰
瞳距之间的随意截取，成了
世界的，螺旋的，基因
谁是破解静默之谜的密码？
无理数们的盛宴，过后
留下，据理力争的
回响
谁在最近的春天里，看到
谁，最遥远的影子？

我和我

我在河的这边
顺流而下
我在河的那边
逆流而上
我和我
擦肩而过
无语默默
我想
我为何随波逐流
我想
我为何力争上游
待我悟得这真我
渡我来见我
那时

我喜欢的

便不是我

而是我

风的笔记

那向上涌动的火苗
是跳跃的图腾，摇摆
是为了证明
一个收敛的函数
用风来积分
求导出隐藏的笔记
另起一行文字
破解一朵混沌的云

穿梭的时刻

我再也不会把你遗忘了

一片苍老的沙丘

当你还年轻时

你嘲笑我褪色的沉默

可是如今啊

我聒噪得像个夏末的蝉

可是你啊

一片苍老的沙丘

不会知道我，因为沙丘上并没有

树

可是如今啊，为了忘却的纪念

一片苍老的沙丘

风会替我给你一个，年轻的

吻

凝望光明的深渊

天空发生了奇怪的事情，大雁
并没有按照一字和人字排列飞行
有风，云却不动
雨滴在云末含苞待放，重力
缺席了统一场论
科学与哲学都在勾勒一个客观
深渊的上空
有光和时间在纠缠
可是啊
光被遮挡，时间被占用
那是，一只大雁飞过
天空发生了奇怪的事情
太阳有了影子
那道光，来自
客观的凝望

辑

二

短句诗集

科学诗集

1

位移和距离

这是物理课上讲的

哲学问题

2

用诗来切入科学领域

好像连科普

都算不上

3

写到第 3 个就找不到命题了

我对科学充满敬畏

却一无所知

4

布朗运动的过程

是一个马尔可夫链吗？

义正词严的

伪科学家

5

我叫不出公路两边树木的名字

但是不能以此来定义我对它们的爱是

叶公好龙

6

夜半里孩提撕心裂肺的哭声

吵醒了一只

发情的公猫

7

司南这个汤匙

真是敬业

永远找不到北

8

一条龙吐了一个钢珠

大地

打了一个喷嚏

9

达·芬奇

绘画，设计，解剖，建筑，发明……

为什么不写诗？

10

统一场论想做一件大事情

为了科学的进步

我决定用公式来写诗

11

地球为中心的时候

椭圆很多

太阳为中心的时候

省了很多油墨

12

广场的白鸽

在争抢玉米

它们知道什么是囚徒困境吗？

在每顿饭中实现了

纳什均衡

13

我想寻找一个帕累托最优

然后就在这场域里

随机游走

14

阿基米德需要一个支点撬动地球

而我只能从我的诗句中

给他一个标点

15

如果你的房间没有保姆

这是一个不可逆的

克劳修斯熵增大过程

16

德布罗意的波粒二象性

让我在照镜子的时候

看到了两个我

17

相对论

无论狭义还是广义

都是相对的

18

牛顿啊

你站在巨人的肩膀上发现了光分七色

可知我诸色皆空

19

毕达哥拉斯用百牛大祭

冠名了

一千年前的勾股定理

20

动物园

隔离带

天文馆

哪个才是承载费米佯谬的真身？

迷失的外星人

21

作用力是相互的

生活跟我开了个玩笑

我对生活笑了笑

22

海啸是地震引发的

海笑是鱼儿引发的

海哭是我们引发的

海枯是誓言引发的

23

惯性与质量成正相关

我瘦了

入秋一瞬就到了冬天

24

每次重力做正功

我就知道自己又在走

下坡路

对影诗集

1

上周上课

写了孤独两个字的企业家

有六个

针对这件事

他们并不孤独

2

喧嚣集合

在寂静之塔面前

朝圣

3

爬山虎掩盖木墙

中间有窗

里面有我

4

有时候穿过这个门

我就成了我的

分身

5

拿出我的手机

给自己的号码打电话

居然接通了

6

我买了很多书

借给自己

读

7

过去的我来找我

居然说

你瘦了

8

路过 7 公里处的坟冢

矗立着半瓶白酒

摆渡人一饮而尽

9

广显驿城墙背后

风筝的线头

拴着倔强的牛

10

烟花在黑暗中突然出现

惊醒了心中沉睡的

少年

11

有没有考虑过

沙漠里也要用桨

在我面前

一条流沙河

12

刺

骆驼

骆驼刺

戈壁滩上的三把比例尺

13

挑扁担的人

摇摆在大地上

移动的天秤

14

星座和属相

都是 12 个

我该听谁的？

15

肌肉贴缠紧之后

水泡

起在了队友的脚上

16

酒店的一次性拖鞋

在绿色的大帐前

排成一条洁白的哈达

17

羊肉与汤分开

葱末

才有了独白

18

戈壁电台流淌

喂……喂……

轮到谁的思想？

19

这有机肥料的直径越来越大

我到了

无人区的深处

20

伟大是熬出来的

它在熬里

待不下去了嘛？

21

要不要来一头蒜？

蒜……涮……

算了吧

22

夜晚的几千颗星星

错落有致地

看着熟睡的人类

23

一点钟方向山头上的红旗

只是在提醒我们

未完待续

24

敢当无我

因为有你

25

黑色绷带

封印第三只眼

影子

消失不见

26

洞见

就是洞里相见

由黑暗处

看光明

27

眼皮打架了

这是对黑暗之夜的

极大妥协

28

蚊子叮完就走

抑制奇痒的任务就交给了

佛系的右手

29

关于乌鸦的历史画册

应该是一部

涂鸦集

30

搭建历史显影的暗房

选址

敦煌

31

太阳眩晕

影子就跟着打转

只有我

像筷子插进了米饭

32

我和我的影子

背靠背

防御这鳞次栉比的鬼魅

33

羊群路过

脸盲的我

就像在看一次次的

重播

34

半夜打呼噜的人

是在替他的影子

呼吸

35

我说

我要投稿

影子说

别闹

36

胡子刚刚冒茬儿

就苍老了

整个下巴

37

深呼吸三次后压下开关

黄灯亮了

壶底呲呲作响

完成了对一升水的洗礼

38

有一种写不下去的感觉

没有影子

就是没有根的文字

39

碎片化和碎片化有结构性的不同

周一到周五时间碎了

周六和周日心碎了

40

晚安

我的早餐

41

黑色套装很配

尤其是在夜里

你我都无踪迹

42

有了光

我就不孤寂

影子现身

43

瘦了

身上的图腾

胖了

身上的图

疼

44

决定了结这本诗集

越写

越没有力气

45

我需要一个拥抱

哪怕

来自陌生人

46

钟不变

时间和人

在走

47

沙漠上空的星河

滋润着

干渴的旅客

错误诗集

1

蚕
问我，蝴蝶有没有尾巴
我回答，蝴蝶的尾巴是
另一只蝴蝶

2

我与海水对赌
我要斗量了你
你会游泳
我们，都错了

3

疫情期间，朋友都和我说
要保重，我过度理解
结果超重

4

什么是精神食粮？

什么是物质食粮？

达利和达利园

5

为什么会有风？

空气发生了……

踩踏

6

每天从地平线冉冉升起的

是什么啊？

生活的母亲

7

今晚

用什么泡的茶？

克莱因壶

8

水滴抱团取暖

却适得其反

雪，下得很大

9

你曾经说你是抽象派？

不，可不敢这么说

尤其是在……

大象面前

10

它们为什么孤立你？

因为它们是鸡蛋

猕猴桃说

细品诗集

1

一个人是干不成事情的
但是一个人可以把事情
干不成

2

我用鼠标打开了一本纸质的
诗集
油墨与字节互通有无

3

打开手机相机
选了黑白滤镜
去拍
彩虹

4

我猫在大学的校园里

看

我大学校园里的猫

5

下雨的时候

我在

雨下

6

总是争吵虚无与存在

如果否定存在

争吵本身成了虚无

如果否定虚无

争吵应该不存在

7

生命水逆

生命溺水

似水年华

逝水年华

秀发在水中盛开

水底多了一朵黑色的海葵

8

你怎么不发挥一下？

抱歉，一下子……

挥发了……

9

请给我讲一个简短又悲伤的故事

事故！

10

你们在看什么？

看风

看水

看风水

臆想诗集

1

拿出有品质的自动铅笔

在一张纯黑的纸上

画出黑洞的微笑

2

两张面对面摆放的沙发

无聊的对话

你在等人？

嗯，你也是？

嗯……

3

0 加 0

不一定等于 0

还可能等于 8

或者 ∞

4

你确定这组颜色是安全的？

嗯，安全

好，再信你一次

嘘，有人来了

两只变色龙

默不作声

5

我很饿

我也很饿

那怎么办？

互相咬一口？

可以

两个馒头说

6

我回家啦

一个土疙瘩

跳入泥潭

7

生活的烟火气

是我写诗的

最大底气

8

你是烟熏妆

我是烟熏装

你在 T 台

我在灶台

9

怪不得无光

挖掘机

在偷月亮

10

眼睛在找眼镜

眼镜

在盼天明

11

袋装牛奶的自我修养

就是不能

膨胀

12

我将这海浪的声音

录下

然后单曲循环

13

板蓝根冲剂

真是一举两得

消炎解渴

14

感冒最信守承诺

因为它总是对我说

再见

15

我给梦想的遗骸

取名：现实

16

一个烦躁不安的人

在暖光灯下

吸吮着秋天的颜色

17

越冷越想你

和天气越热的时候

一样

18

来来来

一起读诗吧

读完这一篇

还有三篇

19

瘫痪在床上

需要营养

蚕食了

一本诗集

20

我在悲伤的西北边

探测到了另一个

深渊

21

比孤独更孤独的

应该是下面四个

子

瓜

犭

虫

22

哪有什么白天

那是黑夜在用太阳当灯泡

照着自己而已

23

拿出手机

对着镜子扫一扫

我要订阅

我自己

24

我是谜面

你是谜底

加一起才是捉摸不透的

谜

25

打开天窗

我没有说亮话

我不想说话

我只想看看天

26

水中有楼阁

遗失的

亚特兰蒂斯

27

我知道为什么我们今天

看不到鸟了

因为今天水中

没有鱼

28

无从掌握真相

只能臆想

真像真相

杂念诗集

1

月亮为盟

万家灯火

朝圣

2

我希望

做一个云端的梦

万马奔腾

3

海面辽阔

目光收敛

一朵温柔的波澜

4

徒手抓住一片飘落的枯叶

宣判

秋天已来

5

我是那健忘的鱼
写诗只能写到
这一句……
我是那健忘的鱼
写诗只能写到
这一句……
我是？

6

一个人久了
抑郁来袭
我竟然与它
携手狂欢

7

我和窗外的蝉
都在忙

互不相干

却又

嗡嗡作响

8

焦虑一直陪伴我

它让我感到

不再孤独

9

时光下手

怎么这么快

三十五岁

两鬓斑白

10

黑暗里的留白

关键的少数

等待黎明逆袭

11

黑马贴了白条

白马着了黑道

殊途同归

斑马无罪

12

下了很大的雨

荷花

开了满地

13

像孩子一样

描绘蓝图

像哪吒一样

实现鸿图

14

跑步是为了瘦一些

这样就可以立足

佛塔千阶

15

瓦解

由虚假谋划的绑架

还真相以真相

16

野生的理想

比圈养的现实

更自由

17

用这支离破碎的文字

草集成军

与整个世界单打独斗

18

树叶的影子

在地上和我打招呼

我的影子

在地上拥抱树叶

19

你说三九二十七

我说三九

感冒灵冲剂

20

线上线下相结合就是

背上吉他

打开直播

在人来人往的路边

唱一首

带流量的口水情歌

21

哪有什么鱼饵

家里

好久不做馒头

22

躺在皲裂的地板上

跟着房子

流浪

23

上帝

在我脑子里放了弹幕

我抓一把

写成诗

24

幸福感有时候就是这样

花生米和秋刀鱼

冰镇青啤

25

胡子拉碴地去跑步

两鬓斑白地

去读书

26

金先生的工具箱

有三层

生活—生活—生活

27

麻辣烫不是目的

店的名字

来亭一歇

28

鱼群从门和窗

游了进来

它们是入侵者

水底的亚特兰蒂斯

29

夜晚撑着乌篷船

在湖面

中央

下竿垂钓

水中的月亮

30

我的家乡在

东北

偏西南

深蓝的渤海湾

31

大楼在天空上

天空

在地面上

32

随机地说两三句

这一天

就像打牌的时候：

过，要不起

33

心酸也就一会儿会儿

胃酸

才更持久

矛盾诗集

1

我很饿

在吃饱了的夜晚

2

空里装着空

空

已超载

3

四边形剪去一个角

又多出一个角

这是最“多余”的一个答案

4

现在是现在的从前

未来是现在的现在

不舍日月

5

站立时屈指可数

倒下后无垠广阔

我是8

6

风吹走了风

毫不理睬

落叶

7

烛火的灯芯是蓝色

那是

海的胚胎

8

数学老师说

三点确定一个平面

语文老师说

三点水确定一个海平面

9

你脑子进水了吧？

嗯，是海水

我在海边长大

10

明明是下坡

公交站牌却写着：

113 路（上行方向）

11

为什么

只有闭上眼睛

才能看到你

12

放下手机

立地成佛

探索诗集

1

当真话一旦说出口

假话

集体破产

2

不是所有的事

都有尝试的价值

比如……

写诗

3

嗨

那位骑共享单车的男士

我可以……

喊你骑士吗？

4

逆着地球的方向

扛着地球的希望

流浪

5

兄弟你挖坑干吗？

两点之间直线最短

我要去看企鹅

北极熊说

6

显微镜下

我在一个细胞里

看到深渊

7

秋天就送来半个月亮

叫我怎么收割春天播种的

一整个思念

8

蝉声开始凋零

我却

洗耳恭听

9

未知的未知

究竟是什么？

不可说

不能说

不会说

西园寺诗集

1

行禅

配速 1314 的

心灵徒步

2

西园寺的猫

它们

吃素

3

修行

从买错车票那一刻

就开始了

4

吊顶很高

旧药厂和古寺

相互加持

5

面对

黄墙黛瓦

用自己做一次

哲学实验

6

我似乎看到了他的影子

慧入西园寺

玄奘法师

7

佛模

佛样

我在佛前

无相

8

双手合十

半个小时

两碗药石

9

合掌

抄手

问信

慢……慢……慢

10

打坐

一炷香

朝阳到夕阳

11

止语

端身

向意象供养

12

菩提花开

悲愿无尽

我与我同在

13

洗碗

也是一种修行

每天九百个

14

一切有为法

如

打板一排班一行禅

15

吾心尘垢

无垠晴空

悟……悟……悟

16

佛

与量子力学

心里有瓶颈

出寺后

心里有平静

21

玄奘之路

生死为上

玄奘心路

生死为下

无我，利他，觉醒

22

前念迷，众生

后念悟，佛

佛与众生

琢磨

23

不是我的元素

加持成了我

我是我自己的

使用者

24

搬柴

运水

蝉

在听禅

25

唯有在变慢这件事上

要让自己

快一点

26

日常

过堂

能断金刚

应作如是观

27

看不了

闻不见

品不着

触不觉

嗅不到

心

28

身受心法

觉知的

感控体系

29

品茶

无叶碍水

品人

无业障生

30

心里有禅

耳边有蝉

嘴里有……

馋

31

玄奘之路

重新出发

从心出发

夜晚诗集

1

夜晚的时间很滑

一个踉跄

就到了明天

2

白天已睡

夜晚已碎

3

太阳去了另一边上班

月亮

今晚调休

4

瘦了

浑圆的月亮

衣服和门

5

市政工人

按下路灯开关

夜晚有了

挑战

6

北方有亮

那是南方

发酵的余光

7

有没有想过

这光

是饱满的黑色

8

极夜

属于黑色的

十二时辰

9

OLED 的光亮

是睡意

怯了场

10

太阳出来了

夜晚

全剧终

荒野诗集

1

史前文明不见

人类

青黄不接

2

荒野

一片乌云都是

多余

3

无垠之中

最不孤独的

就是尘埃

4

雨水扰乱这边土地

沙砾

成了稀泥

5

荒野里的高科技是

无人机

6

蝼蚁

围观祖辈发现的马蹄

年久失修

7

上帝把荒野当暗房

显影

整个天堂

8

流浪吧流浪

东南西北

束缚给自由导航

9

空气不敢流动

避免成风

惊扰荒冢

10

夏秋冬走了之后

荒野

改名春天

辑

三

古体诗

忆高适

孤身一仞立青峰，
君识禅钟灌翠松。
曛日闭心知仲武，
迹痕千里去无踪。

停　云

风劲不云停，

庭柯嘤鸟鸣。

东轩望平路，

觥酒映渊明。

中秋夜

幽幽浮桂香，
浅浅唤秋凉。
急水雕清酒，
慢风叠月光。

自饮

穷古无书日，
何楼聚野风？
散云游远去，
自饮涧边东。

来　路

也无风雨阻，
但使有归途。
皆是苦顽命，
惟能一旦殊。

青木川

秦羌甘陕难，
飞凤拂云端。
禽语达三省，
回龙青木川。
西沟危栈远，
南坝水流宽。
傩舞凝风骨，
辅仁向此安。

对　影

人徨月更瘦，
谁予夜增愁。
对影云溪下，
清沙白石楼。

新　岁

根旧植深土，
芽新向日挥。
花无重落时，
人有同年归。

同 行

疾风掠沉雨，
云高盖树低。
游沙何所向，
癯影驾轻蹄。
疾疾瓜州曲，
声声入梦溪。
修缘同行伴，
百里步藤梯。

新　岁

寒芽叠绿报春俏，
暖煦微红映寿桃。
四世同宗迎喜岁，
青藜耄耋学垂髫。

更　迭

寒梅枝头雪未消，
浮冰暗涌流水薄。
莫道冬日正当头，
春已静悄悄幽渡。

欲出征

停骖望前冠，
动念拓心宽。
众行遥瞻近，
风低不可殚。
坦途无所顾，
崎路穿云端。
碎砾铸顽志，
拙夫步壑川。

对　话

薄水寄清斋，
轻衣述夜白。
低星照玉门，
高月入云开。

清明祭

云暖水明清，

更衣影逆行。

项巾不可望，

春谷摇松鸣。

豸

珠雨连城涤冠豸，

青云白雾不见山。

石门湖里藏秘谷，

水面浮舟晓径宽。

昼　夜

铂月冷眉山，

日明暖薄寒。

本应鼾声起，

却与竹风观。

墟

秀风涤暗河，
垂柳弹哀歌。
少见古人墓，
声声声不多。

独　游

吾执孤驹渡赤渊，
不期千仞一重天。
又逢烟雨乘风落，
汝念前时笠可穿？

远　行

天驹入笔端，
清水绿如山。
忽为自然客，
步虚危道间。

躲　雨

秋雨声声声无痕，
步履匆匆匆过门。
避得厅堂屋檐下，
俱是凡尘过路人。

峙

辚辚轺车卧行辕，

旌旌战旗蔽云天。

百万铁甲听风唤，

千钧一发静思眠。

右江百色

沪上迎春芬芳未，
右江桃柳已翠红。
溪峒暖霞千百色，
唯盼阑珊悦己容。

那年十六

屋后榴花好颜色，
碧翠枝头一簇红。
堂前佳人思君诺，
奉与千娇万般浓。

修

一叶遮古今，
帡幪蔽慧心。
欲语长生法，
聪耳入梵音。

罗　裳

未施粉黛步丛中，
轻点雨露润葱葱。
忽闻暗香绕佳人，
缘是丛中起秋风。

执　手

东湖映月影，
月影照西楼。
西楼闻一语，
一语到白头。

图书在版编目（CIP）数据

夜空中的那束光 / 高晶鑫著. 一上海：东方出版中心, 2020.11

ISBN 978-7-5473-1732-7

Ⅰ. ①夜… Ⅱ. ①高… Ⅲ. ①诗集－中国－当代 Ⅳ. ①I227

中国版本图书馆CIP数据核字(2020)第225981号

夜空中的那束光

著　　者　高晶鑫
责任编辑　江彦懿
装帧设计　陈绿竞

出版发行　东方出版中心
地　　址　上海市仙霞路345号
邮政编码　200336
电　　话　021-62417400
印 刷 者　山东韵杰文化科技有限公司

开　　本　787mm×1092mm　1/32
印　　张　10
字　　数　332千字
版　　次　2020年12月第1版
印　　次　2020年12月第1次印刷
定　　价　58.00元